# Mach mich – Mach dich –

# SELFIE

## Das etwas andere Fotoalbum

Bitte beachte, Niemanden Schaden zuzufügen oder dich in Schwierigkeiten zu bringen. In diesem Buch wurden bewusst krasse Aufgaben und Gemeinheiten ausgelassen.

Spaß ist in Ordnung, doch gehe nie zu weit. Denke immer daran, alles was du anderen antust, kann auf dich zurückfallen. Überlege und überdenke daher immer alles gut, bevor du handelst. Aufgaben in diesem Buch gelten nur deiner Belustigung. Es sind keine Aufforderungen, dich sittenwidrig oder gesetzeswidrig zu verhalten.

Weder Autor noch Verlag sind für deine Taten, noch deren Folgen verantwortlich.

## Mach mich – Mach dich – SELFIE

In diesem Buch bekommst du pro Seite eine Aufgabe gestellt.

Als Beweis, dass du die Aufgabe erfüllt hast, musst du dich bei dieser Aufgabe fotografieren und das Bild einkleben.

Es steht dir frei, ob du täglich eine Aufgabe erfüllst, oder eine Aufgabe pro Woche. Manche Aufgaben kannst du sicher nicht sofort erledigen. Doch warte nicht zu lange, sonst ist der Spaß verloren. Schließlich willst du das Buch in ein paar Monaten oder Jahren anschauen und dich schlapp lachen.

Da es bei manchen Aufgaben schwerer sein wird, diese zu erfüllen, werden auch viele unspektakuläre Aufgaben vorgegeben. Nicht jeder hat die Möglichkeit, alle Aufgaben (zumindest umgehend) zu lösen. So bleibt es eine spannende Sache, ob du das Buch komplett gefüllt bekommst, oder nicht.

Mach dir ruhig Notizen wenn du möchtest. Auf der Seite der Aufgabe ist ca. eine halbe Seite Platz. Natürlich kannst du auch über, unter oder neben dein Bild schreiben. Du kannst dort deine Gefühle, lustige Erlebnisse oder Reaktionen von anderen als Erinnerung notieren.

**Beschmiere deine Zähne mit Nutella und grinse in die Kamera.**

**Klebe dein Beweisbild auf die nächste Seite.**

**Kaue Kaugummi. Mache eine sehr große Blase. Diese sollte mindestens so groß wie ein Ei sein. Übe gegebenenfalls einige Male und fotografiere dich, während die Blase platzt.**

**Klebe dein Beweisbild auf die nächste Seite.**

**Fotografiere dich mit einem Hut deiner Wahl.**

**Klebe dein Beweisbild auf die nächste Seite.**

**Fotografiere dich mit so vielen Menschen wie möglich auf dem Bild.**

**Klebe dein Beweisbild auf die nächste Seite.**

**Bemale dich wie ein Clown.**

**Es steht dir frei, ob du ein lustiger, ein ungewöhnlicher, ein bekannter oder ein böser Clown sein wirst. Doch es muss klar erkennbar sein, dass es sich um einen Clown handelt. Gehe damit unter Leute.**

**Klebe dein Beweisbild auf die nächste Seite.**

**Fotografiere dich unter der Dusche oder in der Badewanne. Nackt, natürlich.**

**Klebe dein Beweisbild auf die nächste Seite.**

**Stelle dich unter eine Sprinkleranlage. Fotografiere dich.**

**Klebe dein Beweisbild auf die nächste Seite.**

**Umwickle dich mit Toilettenpapier wie eine Mumie.**

**Es steht dir frei, ob es sich um weißes, graues, 2, 3 oder 4-lagiges Papier handelt. Es steht dir ebenso frei, ob du das Papier zum besseren Halt fest klebst, zu bindest oder einfach nur durch das Wickeln befestigen möchtest. Gehe damit unter Leute.**

**Klebe dein Beweisbild auf die nächste Seite.**

**Fotografiere dich mit deinem Lieblingstier.**

**Klebe dein Beweisbild auf die nächste Seite.**

**Bade in einem Blumenmeer, draußen in der Natur. Achte bitte darauf, die Blumen nicht unnötig zu beschädigen.**

**Klebe dein Beweisbild auf die nächste Seite.**

**Binde dir ein Brett vor den Kopf. Laufe damit einige Meter. Erledige dies draußen, in der Öffentlichkeit.**

**Klebe dein Beweisbild auf die nächste Seite.**

**Fotografiere dich mit einem Tier, vor dem du dich fürchtest.**

**Klebe dein Beweisbild auf die nächste Seite.**

**Fotografiere dich in einer sehr vollen Postfiliale, in der du dich in der Schlange einordnest.**

**Klebe dein Beweisbild auf die nächste Seite.**

**Hänge dich kopfüber an einen Baum.**

**Klebe dein Beweisbild auf die nächste Seite.**

**Fotografiere dich mit deinem Lieblingsessen.**

**Klebe dein Beweisbild auf die nächste Seite.**

**Mache ein Bild von deinem Gesicht und deinem Fuß.**

**Klebe dein Beweisbild auf die nächste Seite.**

**Fotografiere dich mit einem Essen, das du überhaupt nicht magst, während du hineinbeißt.**

**Klebe dein Beweisbild auf die nächste Seite.**

**Lege dich an den Strand eines Baggersees.**

**Klebe dein Beweisbild auf die nächste Seite.**

**Fotografiere dich beim Wohnungsputz.**

**Klebe dein Beweisbild auf die nächste Seite.**

**Tritt in Scheiße.**

**Klebe dein Beweisbild auf die nächste Seite.**

**Fotografiere dich, während du in eine Zitrone beißt.**

**Klebe dein Beweisbild auf die nächste Seite.**

**Löse ein Puzzel mit mind. 500 Teilen.**

**Klebe dein Beweisbild auf die nächste Seite.**

**Für Frauen: Entferne einen Absatz deiner Stöckel-/ Absatzschuhe. Laufe damit herum (Arbeit, Schule, einkaufen…).**

**Für Männer: Schneide einen deiner Schuhe vorne großzügig aus. Laufe damit herum (Arbeit, Schule, einkaufen…).**

**Klebe dein Beweisbild auf die nächste Seite.**

**Fotografiere dich mit deinem Lieblingsauto.**

**Klebe dein Beweisbild auf die nächste Seite.**

**Mache ein „Schwabbelbild“ von dir. Das geht so:**

**Du bewegst deinen Kopf schnell hin und her, lasse alles, vor allem die Lippen, dabei ganz locker. Drücke in diesem Moment ab.**

**Klebe dein Beweisbild auf die nächste Seite.**

**Fotografiere dich, während du am Meer spazieren gehst.**

**Klebe dein Beweisbild auf die nächste Seite.**

**Du bist der schiefe Turm von Pisa. Lass hier deiner Fantasie freien Lauf.**

**Klebe dein Beweisbild auf die nächste Seite.**

**Setze dich auf ein rotes Motorrad.**

**Klebe dein Beweisbild auf die nächste Seite.**

**Fotografiere dich nach dem Aufwachen im Bett. Ohne vorher aufzustehen, dir durch die Haare zu fahren oder in den Spiegel zu schauen.**

**Klebe dein Beweisbild auf die nächste Seite.**

**Schnappe einen Verwandten von dir, der unter 45 Jahre alt ist. Nimm ihn/sie mit aufs Bild.**

**Klebe dein Beweisbild auf die nächste Seite.**

**Fotografiere dich im Zoo vor dem Elefantengehege.**

**Klebe dein Beweisbild auf die nächste Seite.**

**Schnappe einen Verwandten von dir, der über 45 Jahre alt ist. Nimm ihn/sie mit aufs Bild.**

**Klebe dein Beweisbild auf die nächste Seite.**

**Stecke ein gekochtes Ei der Breite nach in deinen Mund. Lasse es zu ca. einem Drittel herausschauen und umschließe es in seiner vollen Größe mit deinen Lippen.**

**Klebe dein Beweisbild auf die nächste Seite.**

**Fotografiere dich in einem Tattooladen.**

**Klebe dein Beweisbild auf die nächste Seite.**

**Halte ohne Handschuhe Pferdeäpfel in deiner Hand.**

**Klebe dein Beweisbild auf die nächste Seite.**

**Fotografiere dich nach dem Duschen, ohne dir durch die Haare zu fahren oder in den Spiegel zu schauen.**

**Klebe dein Beweisbild auf die nächste Seite.**

**Buddle deinen Körper bis auf eine Hand (für das Foto) mit Sand ein.**

**Klebe dein Beweisbild auf die nächste Seite.**

**Klemme einen Bleistift mit deiner Oberlippe an dein Gesicht.**

**Klebe dein Beweisbild auf die nächste Seite.**

**Schnappe deine beste Freundin /deinen besten Freund. Nimm sie /ihn mit auf dein Bild.**

**Klebe dein Beweisbild auf die nächste Seite.**

**Stecke dir je ein Tampon in je ein Nasenloch.**

**Klebe dein Beweisbild auf die nächste Seite.**

**Fotografiere dich mit einem Regenbogen.**

**Klebe dein Beweisbild auf die nächste Seite.**

**Rutsche mit deinem Hintern und deinen Knien auf Gras herum. Verunstalte so deine Hose.**

**Klebe dein Beweisbild auf die nächste Seite.**

**Fotografiere dich mit deinem ärgsten Feind. Er oder sie muss auf dem Bild eindeutig erkennbar sein.**

**Klebe dein Beweisbild auf die nächste Seite.**

**Fotografiere dich mitten in einem Wald. Kein geteerter Waldweg erlaubt.**

**Klebe dein Beweisbild auf die nächste Seite.**

**Iss etwas. Wenn dein Mund schön voll ist, öffne ihn und fotografiere dich.**

**Klebe dein Beweisbild auf die nächste Seite.**

**Schneide eine Grimasse und fotografiere dich dabei.**

**Klebe dein Beweisbild auf die nächste Seite.**

**Fotografiere dich in einem Baumarkt zusammen mit einem Mitarbeiter.**

**Klebe dein Beweisbild auf die nächste Seite.**

**Ziehe dir eine Taucherbrille auf und nimm einen Schnorchel in deinen Mund. Gehe damit in die Badewanne, alternativ unter die Dusche.**

**Klebe dein Beweisbild auf die nächste Seite.**

**Male dir aus Senf einen Bart. Gehe damit in die Öffentlichkeit.**

**Klebe dein Beweisbild auf die nächste Seite**

**Besuche ein Schwimmbad.**

**Klebe dein Beweisbild auf die nächste Seite.**

**Fotografiere dich im Regen.**

**Klebe dein Beweisbild auf die nächste Seite.**

**Mache einen Spaziergang auf einem Feld oder in Weinbergen.**

**Klebe dein Beweisbild auf die nächste Seite.**

**Mache einen Bummel durch eine Großstadt. Es müssen viele Menschen, Gebäude, Autos etc. zu sehen sein.**

**Klebe dein Beweisbild auf die nächste Seite.**

**Begebe dich in ein Elektrofachgeschäft. Fotografiere dich dort vor einem DVD Regal.**

**Klebe dein Beweisbild auf die nächste Seite.**

**Fotografiere dich, in dem du vor einem Bild von dir an der Wand stehst.**

**Klebe dein Beweisbild auf die nächste Seite.**

**Stelle dich neben ein Gemälde von „Mona Lisa“. Ahme die Position nach. Fotografiere euch beide.**

**Klebe dein Beweisbild auf die nächste Seite.**

**Streichle einen Hund. Wenn du keinen Hund hast, streichle einen fremden Hund.**

**Klebe dein Beweisbild auf die nächste Seite.**

**Bist du eine Frau:**

**Bemale dich männlich.**

**Bist du ein Mann:**

**Schminke dich weiblich.**

**Klebe dein Beweisbild auf die nächste Seite.**

**Fotografiere dich in einer Sandwich Verkaufsstelle deiner Wahl vor dem Tresen.**

**Klebe dein Beweisbild auf die nächste Seite.**

**Fotografiere dich, wenn du das nächste Mal betrunken bist. Alternativ für die braven Nicht-Trinker und noch besser & lustiger: Spiele nur betrunken. Halte dabei eine Flasche in der Hand.**

**Klebe dein Beweisbild auf die nächste Seite.**

**Fotografiere dich mit einem fremden Brautpaar.**

**Klebe dein Beweisbild auf die nächste Seite.**

**Lege/klebe/halte dir Orangenscheiben auf die Augen.**

**Klebe dein Beweisbild auf die nächste Seite.**

**Reite auf einer Kuh. Es muss kein echtes (lebendes) Tier sein, muss aber im Falle einer Figur die originale Größe einer Kuh haben. Im Notfall geht auch ein Pferd.**

**Klebe dein Beweisbild auf die nächste Seite.**

**Klemme dir je ein Streichholz zwischen die Augenlieder. Achtung, verletzte dich nicht dabei!**

**Klebe dein Beweisbild auf die nächste Seite.**

**Stelle dich auf eine Bühne. Fotografiere dich so, dass man im Hintergrund die ganzen Menschen sieht, die zu dir schauen.**

**Klebe dein Beweisbild auf die nächste Seite.**

**Fotografiere dich im Schnee.**

**Klebe dein Beweisbild auf die nächste Seite.**

**Wandere auf einen Berg. Nutze Wanderwege! Fotografiere dich so, dass die Aussicht hinter dir zu erkennen ist.**

**Klebe dein Beweisbild auf die nächste Seite.**

**Setzte dich in eine Eisdiele. Bestelle einen Eisbecher und stecke dir die Accessoires des Bechers in sämtliche Körperöffnungen deines Gesichtes.**

**Klebe dein Beweisbild auf die nächste Seite.**

**Belege einen Sportkurs.**

**Klebe dein Beweisbild auf die nächste Seite.**

**Fotografiere dich mit einem fremden Menschen, der „Harald“ heißt.**

**Klebe dein Beweisbild auf die nächste Seite.**

**Klebe dir kreuz und quer Tesafilm über dein Gesicht.**

**Klebe dein Beweisbild auf die nächste Seite.**

**Gehe in ein Sanitäreinrichtungsgeschäft. Suche dir in der Ausstellung eine Toilette aus und setze dich mit heruntergelassener Hose auf die Toilette, als würdest du sie benutzen wollen.**

**Klebe dein Beweisbild auf die nächste Seite.**

**Fotografiere dich in einem Flughafen.**

**Klebe dein Beweisbild auf die nächste Seite.**

**Iss ein veganes oder vegetarisches Gericht.**

**Klebe dein Beweisbild auf die nächste Seite.**

**Besorge dir ein altes, großes Telefon mit Wählscheibe oder Tastenfeld. Gehe damit in einen Park und telefoniere lautstark.**

**Klebe dein Beweisbild auf die nächste Seite.**

**Setze riesengroße Kopfhörer auf. Gehe damit in ein Konzert.**

**Klebe dein Beweisbild auf die nächste Seite.**

**Fahre mit der Straßenbahn oder einem Zug.**

**Klebe dein Beweisbild auf die nächste Seite.**

**Suche dir selbst ein Thema aus. Notiere dies und:**

**Klebe dein Beweisbild auf die nächste Seite.**

Weitere Werke von Danita Molina:

Herstellung und Verlag:
BoD – Books on Demand, Norderstedt
ISBN 978-3-7412-3832-1

Danita-molina.jimdo.com / Facebook: Danita Molina



Für Druck- und Herstellungsqualität ist der Verlag verantwortlich